Stanze de messer Angelo Politiano cominciate per la giostra del Magnifico Givliano Di Piero De Medici

Angelo Poliziano

Stanze de messer Angelo Politiano cominciate per la giostra del Magnifico Givliano Di Piero De Medici

Angelo Poliziano

LIBRO PRIMO

Preposizione.
1

Le gloriose pompe e' fieri ludi
della città che 'l freno allenta e stringe
a magnanimi Toschi, e i regni crudi
di quella dea che 'l terzo ciel dipinge,
e i premi degni alli onorati studi,
la mente audace a celebrar mi spinge,
sì che i gran nomi e i fatti egregi e soli
fortuna o morte o tempo non involi.

Invocazione ad Amore.
2

O bello idio ch'al cor per gli occhi inspiri
dolce disir d'amaro pensier pieno,

e pasciti di pianto e di sospiri,
nudrisci l'alme d'un dolce veleno,
gentil fai divenir ciò che tu miri,
né può star cosa vil drento al suo seno;
Amor, del quale i' son sempre suggetto,
porgi or la mano al mio basso intelletto.
3
Sostien tu el fascio ch'a me tanto pesa,
reggi la lingua, Amor, reggi la mano;
tu principio, tu fin dell'alta impresa,
tuo fia l'onor, s'io già non prego invano;
di', signor, con che lacci da te presa
fu l'alta mente del baron toscano
più gioven figlio della etrusca Leda,
che reti furno ordite a tanta preda.

Invocazione a Laurenzio de Medici.

4

E tu, ben nato Laur, sotto il cui velo
Fiorenza lieta in pace si riposa,
né teme i venti o 'l minacciar del celo
o Giove irato in vista più crucciosa,
accogli all'ombra del tuo santo stelo
la voce umil, tremante e paurosa;
o causa, o fin di tutte le mie voglie,
che sol vivon d'odor delle tuo foglie.

5

Deh, sarà mai che con più alte note,
se non contasti al mio volar fortuna,
lo spirto della membra, che devote
ti fuor da' fati insin già dalla cuna,
risuoni te dai Numidi a Boote,
dagl'Indi al mar che 'l nostro celo imbruna,
e posto il nido in tuo felice ligno,
di roco augel diventi un bianco cigno?

6

Ma fin ch'all'alta impresa tremo e bramo,
e son tarpati i vanni al mio disio,
lo glorioso tuo fratel cantiamo,
che di nuovo trofeo rende giulio
il chiaro sangue e di secondo ramo:
convien ch'i' sudi in questa polver io.
Or muovi prima tu mie' versi, Amore,
ch'ad alto volo impenni ogni vil core.

7

E se qua su la fama el ver rimbomba,
che la figlia di Leda, o sacro Achille,

Escusazione dell'avere alquanto intermesso la traduzione omerica.

poi che 'l corpo lasciasti intro la tomba,
t'accenda ancor d'amorose faville,
lascia tacere un po' tuo maggior tromba
ch'i' fo squillar per l'italiche ville,
e tempra tu la cetra a nuovi carmi,
mentr'io canto l'amor di Iulio e l'armi.

Narrazione.
8

Nel vago tempo di sua verde etate,
spargendo ancor pel volto il primo fiore,
né avendo il bel Iulio ancor provat

Qual fussi di Iulio la vita avanti che s'innamorassi.

le dolce acerbe cure che dà Amore,
viveasi lieto in pace e 'n libertate;
talor frenando un gentil corridore,
che gloria fu de' ciciliani armenti,
con esso a correr contendea co' venti:

9

ora a guisa saltar di leopardo,
or destro fea rotarlo in breve giro;
or fea ronzar per l'aere un lento dardo,
dando sovente a fere agro martiro.
Cotal viveasi il giovene gagliardo;
né pensando al suo fato acerbo e diro,
né certo ancor de' suo' futuri pianti,
solea gabbarsi delli afflitti amanti.

10

Ah quante ninfe per lui sospirorno!
Ma fu sì altero sempre il giovinetto,
che mai le ninfe amanti nol piegorno,
mai poté riscaldarsi il freddo petto.
Facea sovente pe' boschi soggiorno,
inculto sempre e rigido in aspetto;
e 'l volto difendea dal solar raggio,
con ghirlanda di pino o verde faggio.

11

Poi, quando già nel ciel parean le stelle,
tutto gioioso a sua magion tornava;
e 'n compagnia delle nove sorelle
celesti versi con disio cantava,
e d'antica virtù mille fiammelle
con gli alti carmi ne' petti destava:
così, chiamando amor lascivia umana,
si godea con le Muse o con Diana.

12

E se talor nel ceco labirinto
errar vedeva un miserello amante,
di dolor carco, di pietà dipinto,

seguir della nemica sua le piante,
e dove Amor il cor li avessi avinto,
lì pascer l'alma di dua luci sante
preso nelle amorose crudel gogne,
sì l'assaliva con agre rampogne:

Parole di Iulio a' gioveni amanti.
13

"Scuoti, meschin, del petto il ceco errore,
ch'a te stessi te fura, ad altrui porge;
non nudrir di lusinghe un van furore,

Che cosa sia Amore.

che di pigra lascivia e d'ozio sorge.
Costui che 'l vulgo errante chiama Amore
è dolce insania a chi più acuto scorge:
sì bel titol d'Amore ha dato il mondo
a una ceca peste, a un mal giocondo.

Contro alle donne.
14

Ah quanto è uom meschin, che cangia voglia
per donna, o mai per lei s'allegra o dole;
e qual per lei di libertà si spoglia
o crede a sui sembianti, a sue parole!
Ché sempre è più leggier ch'al vento foglia,
e mille volte el dì vuole e disvuole:
segue chi fugge, a chi la vuol s'asconde,
e vanne e vien, come alla riva l'onde.

15

Giovane donna sembra veramente
quasi sotto un bel mare acuto scoglio,
o ver tra' fiori un giovincel serpente
uscito pur mo' fuor del vecchio scoglio.

6

Ah quanto è fra' più miseri dolente
chi può soffrir di donna il fero orgoglio!
Ché quanto ha il volto più di biltà pieno,
più cela inganni nel fallace seno.

16

Con essi gli occhi giovenili invesca
Amor, ch'ogni pensier maschio vi fura;
e quale un tratto ingoza la dolce esca
mai di sua propria libertà non cura;
ma, come se pur Lete Amor vi mesca,
tosto obliate vostra alta natura;
né poi viril pensiero in voi germoglia,
sì del proprio valor costui vi spoglia.

Laude della vita rusticana.
17

Quanto è più dolce, quanto è più securo
seguir le fere fugitive in caccia
fra boschi antichi fuor di fossa o muro,
e spiar lor covil per lunga traccia!
Veder la valle e 'l colle e l'aer più puro,
l'erbe e' fior, l'acqua viva chiara e ghiaccia!
Udir li augei svernar, rimbombar l'onde,
e dolce al vento mormorar le fronde!

18

Quanto giova a mirar pender da un'erta
le capre, e pascer questo e quel virgulto;
e 'l montanaro all'ombra più conserta
destar la sua zampogna e 'l verso inculto;
veder la terra di pomi coperta,
ogni arbor da' suoi frutti quasi occulto;
veder cozzar monton, vacche mughiare
e le biade ondeggiar come fa il mare!

19

Or delle pecorelle il rozo mastro
si vede alla sua torma aprir la sbarra;
poi quando muove lor con suo vincastro,
dolce è a notar come a ciascuna garra.
Or si vede il villan domar col rastro
le dure zolle, or maneggiar la marra;
or la contadinella scinta e scalza
star coll'oche a filar sotto una balza.

Qual fussi l'età aurea.

20

In cotal guisa già l'antiche genti
si crede esser godute al secol d'oro;
né fatte ancor le madre eron dolenti
de' morti figli al marzial lavoro;
né si credeva ancor la vita a' venti
né del giogo doleasi ancora il toro;
lor case eron fronzute querce e grande,
ch'avean nel tronco mèl, ne' rami ghiande.

21

Non era ancor la scelerata sete
del crudele oro entrata nel bel mondo;
viveansi in libertà le genti liete,
e non solcato il campo era fecondo.
Fortuna invidiosa a lor quiete
ruppe ogni legge, e pietà misse in fondo;
lussuria entrò ne' petti e quel furore
che la meschina gente chiama amore".

22

In cotal guisa rimordea sovente
l'altero giovinetto e sacri amanti,

8

come talor chi sé gioioso sente
non sa ben porger fede alli altrui pianti;
ma qualche miserello, a cui l'ardente
fiamme struggeano i nervi tutti quanti,
gridava al ciel: "Giusto sdegno ti muova,
Amor, che costui creda almen per pruova".

Parole d'Amore irato.

23

Né fu Cupido sordo al pio lamento,
e 'ncominciò crudelmente ridendo:
"Dunque non sono idio? dunque è già spento
mie foco con che il mondo tutto accendo?
Io pur fei Giove mughiar fra l'armento,
io Febo drieto a Dafne gir piangendo,
io trassi Pluto delle infernal segge:
e che non ubidisce alla mia legge?

24

Io fo cadere al tigre la sua rabbia
al leone il fer rughio, al drago il fischio;
e quale è uom di sì secura labbia,
che fuggir possa il mio tenace vischio?
Or, ch'un superbo in sì vil pregio m'abbia
che di non esser dio vegna a gran rischio?
Or veggiàn se 'l meschin ch'Amor riprende,
da due begli occhi se stesso or difende".

Descrizione di primavera.

25

Zefiro già, di be' fioretti adorno,
avea de' monti tolta ogni pruina;
avea fatto al suo nido già ritorno
la stanca rondinella peregrina;
risonava la selva intorno intorno
soavemente all'ôra mattutina,
e la ingegnosa pecchia al primo albore

9

giva predando ora uno or altro fiore.

Breve descrizione d'una caccia.
26

L'ardito Iulio, al giorno ancora acerbo,
allor ch'al tufo torna la civetta,
fatto frenare il corridor superbo,
verso la selva con sua gente eletta
Ordinazione della caccia.
prese el cammino, e sotto buon riserbo
seguial de' fedel can la schiera stretta;
di ciò che fa mestieri a caccia adorni,
con archi e lacci e spiedi e dardi e corni

Principio della caccia misto di diversi accidenti.
27

Già circundata avea la lieta schiera
il folto bosco, e già con grave orrore
del suo covil si destava ogni fera;
givan seguendo e bracchi il lungo odore;
ogni varco da lacci e can chiuso era,
di stormir d'abbaiar cresce il romore,
di fischi e bussi tutto il bosco suona,
del rimbombar de' corni el cel rintruona.

Comparazione.
28

Con tal romor, qualor più l'aer discorda,
di Giove il foco d'alta nube piomba;
con tal tumulto, onde la gente assorda,
dall'alte cataratte il Nil rimbomba;
con tale orror, del latin sangue ingorda,
sonò Megera la tartarea tromba.
Qual animal di stiza par si roda,
qual serra al ventre la tremante coda.

Spargesi tutta la bella compagna:
altri alle reti, altri alla via più stretta;
chi serba in coppia e can, chi gli scompagna;
chi già 'l suo ammette, chi 'l richiama e alletta;
chi sprona el buon destrier per la campagna;
chi l'adirata fera armato aspetta;
chi si sta sovra un ramo a buon riguardo,
chi in man lo spiede e chi s'acconcia el dardo.

Già le setole arriccia e arruota e denti
el porco entro 'l burron; già d'una grotta
spunta giù 'l cavriuol; già e vecchi armenti
de' cervi van pel pian fuggendo in frotta;
timor gl'inganni della volpe ha spenti;
le lepri al primo assalto vanno in rotta;
di sua tana stordita esce ogni belva;
l'astuto lupo vie più si rinselva,

31

e rinselvato le sagace nare
del picciol bracco pur teme il meschino;
ma 'l cervio par del veltro paventare,
Di Iulio.
de' lacci el porco o del fero mastino.
Vedesi lieto or qua or là volare
fuor d'ogni schiera il gioven peregrino;
pel folto bosco el fer caval mette ale,
e trista fa qual fera Iulio assale.

32

Quale el centaur per la nevosa selva
di Pelio o d'Elmo va feroce in caccia,
dalle lor tane predando ogni belva:
or l'orso uccide, or al lion minaccia;
quanto è più ardita fera più s'inselva,
e 'l sangue a tutte drento al cor s'aghiaccia;
la selva trema e gli cede ogni pianta,
gli arbori abbatte o sveglie, o rami schianta.

Descrizione di Iulio nella caccia.
33

Ah quanto a mirar Iulio è fera cosa
romper la via dove più 'l bosco è folto
per trar di macchia la bestia crucciosa,
con verde ramo intorno al capo avolto,
colla chioma arruffata e polverosa,
e d'onesto sudor bagnato il volto!
Ivi consiglio a sua fera vendetta
prese Amor, che ben loco e tempo aspetta;

Che arte usassi Amore ad innamorarlo.
34

e con sua man di leve aier compuose
l'imagin d'una cervia altera e bella:
con alta fronte, con corna ramose,
candida tutta, leggiadretta e snella.
E come tra le fere paventose
al gioven cacciator s'offerse quella,
lieto spronò il destrier per lei seguire,
pensando in brieve darli agro martire.

35

Ma poi che 'nvan dal braccio el dardo scosse,

del foder trasse fuor la fida spada,
e con tanto furor il corsier mosse,
che 'l bosco folto sembrava ampia strada.
La bella fera, come stanca fosse,
più lenta tuttavia par che sen vada;
ma quando par che già la stringa o tocchi,
picciol campo riprende avanti alli occhi.

36

Quanto più segue invan la vana effigie,
tanto più di seguirla invan s'accende;
tuttavia preme sue stanche vestigie,
Comparazione.
sempre la giunge, e pur mai non la prende:
qual fino al labro sta nelle onde stigie
Tantalo, e 'l bel giardin vicin gli pende,
ma qualor l'acqua o il pome vuol gustare,
subito l'acqua e 'l pome via dispare.

37

Era già drieto alla sua desianza
gran tratta da' compagni allontanato,
né pur d'un passo ancor la preda avanza,
e già tutto el destrier sente affannato;
ma pur seguendo sua vana speranza,
pervenne in un fiorito e verde prato:
ivi sotto un vel candido li apparve
lieta una ninfa, e via la fera sparve.

38

La fera sparve via dalle suo ciglia,
ma 'l gioven della fera ormai non cura;
anzi ristringe al corridor la briglia,
e lo raffrena sovra alla verdura.
Ivi tutto ripien di maraviglia
pur della ninfa mira la figura:

parli che dal bel viso e da' begli occhi
una nuova dolcezza al cor gli fiocchi.

Comparazione.
39

Qual tigre, a cui dalla pietrosa tana
ha tolto il cacciator li suoi car figli;
rabbiosa il segue per la selva ircana,
che tosto crede insanguinar gli artigli;
poi resta d'uno specchio all'ombra vana,
all'ombra ch'e suoi nati par somigli;
e mentre di tal vista s'innamora
la sciocca, el predator la via divora.

Attitudine bella di Cupido nel ferir Iulio.
40

Tosto Cupido entro a' begli occhi ascoso,
al nervo adatta del suo stral la cocca,
poi tira quel col braccio poderoso,
tal che raggiugne e l'una e l'altra cocca;
la man sinistra con l'oro focoso,
la destra poppa colla corda tocca:
né pria per l'aer ronzando esce 'l quadrello,
che Iulio drento al cor sentito ha quello.

Come Iulio s'innamorassi.
41

Ahi qual divenne! ah come al giovinetto
corse il gran foco in tutte le midolle!
che tremito gli scosse il cor nel petto!
d'un ghiacciato sudor tutto era molle;
e fatto ghiotto del suo dolce aspetto,
giammai li occhi da li occhi levar puolle;
ma tutto preso dal vago splendore,
non s'accorge el meschin che quivi è Amore.

14

42

Non s'accorge ch'Amor lì drento è armato
per sol turbar la suo lunga quiete;
non s'accorge a che nodo è già legato,
non conosce suo piaghe ancor segrete;
di piacer, di disir tutto è invescato,
e così il cacciator preso è alla rete.
Le braccia fra sé loda e 'l viso e 'l crino,
e 'n lei discerne un non so che divino.

Descrizione breve delle bellezze della sua donna.

43

Candida è ella, e candida la vesta,
ma pur di rose e fior dipinta e d'erba;
lo inanellato crin dall'aurea testa
scende in la fronte umilmente superba.
Rideli a torno tutta la foresta,
e quanto può suo cure disacerba;
nell'atto regalmente è mansueta,
e pur col ciglio le tempeste acqueta.

44

Folgoron gli occhi d'un dolce sereno,
ove sue face tien Cupido ascose;
l'aier d'intorno si fa tutto ameno
ovunque gira le luce amorose.
Di celeste letizia il volto ha pieno,
dolce dipinto di ligustri e rose;
ogni aura tace al suo parlar divino,
e canta ogni augelletto in suo latino.

Onestate.

45

Con lei sen va Onestate umile e piana
Gentilezza.
che d'ogni chiuso cor volge la chiave;
con lei va Gentilezza in vista umana,
e da lei impara il dolce andar soave.
Non può mirarli il viso alma villana,
se pria di suo fallir doglia non have;
tanti cori Amor piglia fere o ancide,
quanto ella o dolce parla o dolce ride.

Talia.

46

Minerva.
Sembra Talia se in man prende la cetra,
sembra Minerva se in man prende l'asta;
Diana.
se l'arco ha in mano, al fianco la faretra,
giurar potrai che sia Diana casta.
Ira dal volto suo trista s'arretra,
Biltà, Leggiadria.
e poco, avanti a lei, Superbia basta;
ogni dolce virtù l'è in compagnia,

Biltà la mostra a dito e Leggiadria.

47

Ell'era assisa sovra la verdura,
allegra, e ghirlandetta avea contesta
di quanti fior creassi mai natura,
de' quai tutta dipinta era sua vesta.
E come prima al gioven puose cura,
alquanto paurosa alzò la testa;
poi colla bianca man ripreso il lembo,
levossi in piè con di fior pieno un grembo.

48

16

Già s'inviava, per quindi partire,
la ninfa sovra l'erba, lenta lenta,
lasciando il giovinetto in gran martire,
che fuor di lei null'altro omai talenta.
Ma non possendo el miser ciò soffrire,
con qualche priego d'arrestarla tenta;
per che, tutto tremando e tutto ardendo,
così umilmente incominciò dicendo:

Parole di Iulio alla ninfa.

49

"O qual che tu ti sia, vergin sovrana,
o ninfa o dea, ma dea m'assembri certo;
se dea, forse se' tu la mia Diana;
se pur mortal, chi tu sia fammi certo,
ché tua sembianza è fuor di guisa umana;
né so già io qual sia tanto mio merto,
qual dal cel grazia, qual sì amica stella,
ch'io degno sia veder cosa sì bella".

50

Volta la ninfa al suon delle parole,
lampeggiò d'un sì dolce e vago riso,
che i monti avre' fatto ir, restare il sole:
ché ben parve s'aprissi un paradiso.
Poi formò voce fra perle e viole,
tal ch'un marmo per mezzo avre' diviso;
soave, saggia e di dolceza piena,
da innamorar non ch'altri una Sirena:

Risposta della ninfa.

51

"Io non son qual tua mente invano auguria,
non d'altar degna, non di pura vittima;
ma là sovra Arno innella vostra Etruria

17

sto soggiogata alla teda legittima;
Genova.
mia natal patria è nella aspra Liguria,
sovra una costa alla riva marittima,
ove fuor de' gran massi indarno gemere
si sente il fer Nettunno e irato fremere.

52

Sovente in questo loco mi diporto,
qui vegno a soggiornar tutta soletta;
questo è de' mia pensieri un dolce porto,
qui l'erba e' fior, qui il fresco aier m'alletta;
quinci il tornare a mia magione è accorto,
qui lieta mi dimoro Simonetta,
all'ombre, a qualche chiara e fresca linfa,
e spesso in compagnia d'alcuna ninfa.

53

Io soglio pur nelli ociosi tempi,
quando nostra fatica s'interrompe,
venire a' sacri altar ne' vostri tempî
fra l'altre donne con l'usate pompe;
ma perch'io in tutto el gran desir t'adempi
e 'l dubio tolga che tuo mente rompe,
meraviglia di mie bellezze tenere
non prender già, ch'io nacqui in grembo a Venere.

Descrizione della sera.
54

Or poi che 'l sol sue rote in basso cala,
e da questi arbor cade maggior l'ombra,
già cede al grillo la stanca cicala,
già 'l rozo zappator del campo sgombra,
e già dell'alte ville il fumo essala,
la villanella all'uom suo el desco ingombra;
omai riprenderò mia via più accorta,

e tu lieto ritorna alla tua scorta".

Come la ninfa si parte.
55

Poi con occhi più lieti e più ridenti,
tal che 'l ciel tutto asserenò d'intorno,
mosse sovra l'erbetta e passi lenti
con atto d'amorosa grazia adorno.
Feciono e boschi allor dolci lamenti
e gli augelletti a pianger cominciorno;
ma l'erba verde sotto i dolci passi
bianca, gialla, vermiglia e azurra fassi.

L'autore di Iulio.
56

Che de' far Iulio? Ahimè, ch'e' pur desidera
seguir sua stella e pur temenza il tiene:
sta come un forsennato, e 'l cor gli assidera,
e gli s'aghiaccia el sangue entro le vene;
sta come un marmo fisso, e pur considera
lei che sen va né pensa di sue pene,
fra sé lodando il dolce andar celeste
e 'l ventilar dell'angelica veste.

57

E' par che 'l cor del petto se li schianti,
e che del corpo l'alma via si fugga,
e ch'a guisa di brina, al sol davanti,
in pianto tutto si consumi e strugga.
Già si sente esser un degli altri amanti,
e pargli ch'ogni vena Amor li sugga;
or teme di seguirla, or pure agogna,
qui 'l tira Amor, quinci il ritrae vergogna.

Parole dell'autore a Iulio.
19

58

"U' sono or, Iulio, le sentenzie gravi,
le parole magnifiche e' precetti
con che i miseri amanti molestavi?
Perché pur di cacciar non ti diletti?
Or ecco ch'una donna ha in man le chiavi
d'ogni tua voglia, e tutti in sé ristretti
tien, miserello, i tuoi dolci pensieri;
vedi chi tu se' or, chi pur dianzi eri.

59

Dianzi eri d'una fera cacciatore,
più bella fera or t'ha ne' lacci involto;
dianzi eri tuo, or se' fatto d'Amore,
sei or legato, e dianzi eri disciolto.
Dov'è tuo libertà, dov'è 'l tuo core?
Amore e una donna te l'ha tolto.
Ahi, come poco a sé creder uom degge!
ch'a virtute e fortuna Amor pon legge".

Descrizione della notte.
60

La notte che le cose ci nasconde
tornava ombrata di stellato ammanto,
e l'usignuol sotto l'amate fronde
cantando ripetea l'antico pianto,
ma sola a' sua lamenti Ecco risponde,
ch'ogni altro augel quetato avea già 'l canto;
dalla chimmeria valle uscian le torme
de' Sogni negri con diverse forme.

61

E gioven che restati nel bosco erono,
vedendo il cel già le sue stelle accendere,

20

sentito il segno, al cacciar posa ferono;
ciascun s'affretta a lacci e reti stendere,
poi colla preda in un sentier si schierono:
ivi s'attende sol parole a vendere,
ivi menzogne a vil pregio si mercono;
poi tutti del bel Iulio fra sé cercono.

62

Ma non veggendo il car compagno intorno,
ghiacciossi ognun di subita paura
che qualche cruda fera il suo ritorno
non li 'mpedisca o altra ria sciagura.
Chi mostra fuochi, chi squilla el suo corno,
chi forte il chiama per la selva oscura,
le lunghe voci ripercosse abondono,
e "Iulio Iulio" le valli rispondono.

63

Ciascun si sta per la paura incerto,
gelato tutto, se non ch'ei pur chiama;
veggiono il cel di tenebre coperto,
né san dove cercar, bench'ognun brama.
Pur "Iulio Iulio" suona il gran diserto;
non sa che farsi omai la gente grama.
Ma poi che molta notte indarno spesono,
dolenti per tornarsi il cammin presono.

64

Cheti sen vanno e pure alcun col vero
la dubia speme alquanto riconforta,
ch'el sia rèdito per altro sentiero
al loco ove s'invia la loro scorta.
Ne' petti ondeggia or questo or quel pensiero,
che fra paura e speme il cor traporta:
Comparazione.

così raggio, che specchio mobil ferza,
per la gran sala or qua or là si scherza.

65

Ma 'l gioven, che provato avea già l'arco
ch'ogni altra cura sgombra fuor del petto,
d'altre speme e paure e pensier carco,
era arrivato alla magion soletto.
Ivi pensando al suo novello incarco
stava in forti pensier tutto ristretto,
quando la compagnia piena di doglia
tutta pensosa entrò dentro alla soglia.

66

Ivi ciascun più da vergogna involto
Comparazione.
per li alti gradi sen va lento lento:
quali i pastori a cui il fer lupo ha tolto
il più bel toro del cornuto armento,
tornonsi a lor signor con basso volto,
né s'ardiscon d'entrar all'uscio drento;
stan sospirosi e di dolor confusi,
e ciascun pensa pur come sé scusi.

67

Ma tosto ognuno allegro alzò le ciglia,
veggendo salvo lì sì caro pegno:
Comparazione.
tal si fe', poi che la sua dolce figlia
ritrovò, Ceres giù nel morto regno.
Tutta festeggia la lieta famiglia
con essi, e Iulio di gioir fa segno,
e quanto el può nel cor preme sua pena
e il volto di letizia rasserena.
Quello che facessi Amore dopo la sua vendetta. Regno di Venere.

Ma fatta Amor la sua bella vendetta,
mossesi lieto pel negro aere a volo,
e ginne al regno di sua madre in fretta,
ov'è de' picciol suoi fratei lo stuolo:
al regno ov'ogni Grazia si diletta,
ove Biltà di fiori al crin fa brolo,
ove tutto lascivo, drieto a Flora,
Zefiro vola e la verde erba infiora.

Invocazione a Erato musa.
69

Or canta meco un po' del dolce regno,
Erato bella, che 'l nome hai d'amore;
tu sola, benché casta, puoi nel regno
secura entrar di Venere e d'Amore;
tu de' versi amorosi hai sola il regno,
teco sovente a cantar viensi Amore;
e, posta giù dagli omer la faretra,
tenta le corde di tua bella cetra.

Descrizione della casa di Venere.
70

Vagheggia Cipri un dilettoso monte,
che del gran Nilo e sette corni vede
e 'l primo rosseggiar dell'orizonte,
ove poggiar non lice al mortal piede.
Nel giogo un verde colle alza la fronte,
sotto esso aprico un lieto pratel siede,
u' scherzando tra' fior lascive aurette
fan dolcemente tremolar l'erbette.

71

Corona un muro d'or l'estreme sponde
con valle ombrosa di schietti arbuscelli,
ove in su' rami fra novelle fronde
cantano i loro amor soavi augelli.
Due ruscelli.
Sentesi un grato mormorio dell'onde,
che fan duo freschi e lucidi ruscelli,
versando dolce con amar liquore,
ove arma l'oro de' suoi strali Amore.

72

Né mai le chiome del giardino eterno
tenera brina o fresca neve imbianca;
ivi non osa entrar ghiacciato verno,
non vento o l'erbe o li arbuscelli stanca;
Primavera.
ivi non volgon gli anni il lor quaderno,
ma lieta Primavera mai non manca,
ch'e suoi crin biondi e crespi all'aura spiega,
e mille fiori in ghirlandetta lega.

Amori.

73

Lungo le rive e frati di Cupido,
che solo uson ferir la plebe ignota,
Compagnia delli Amori. Piacere, Insidia.
con alte voci e fanciullesco grido
aguzzon lor saette ad una cota.
Piacere e Insidia, posati in sul lido,
Speme, Disio.
volgono il perno alla sanguigna rota,
e 'l fallace Sperar col van Disio
spargon nel sasso l'acqua del bel rio.

Paura, Diletto. Ire, Pace. Lacrime.

74

Dolce Paura e timido Diletto,

24

dolce Ire e dolce Pace insieme vanno;
le Lacrime si lavon tutto il petto
Pallore, Spavento. Magreza, Affanno.
e 'l fiumicello amaro crescer fanno;
Pallore smorto e paventoso Affetto
con Magreza si duole e con Affanno;
Sospetto.Letizia.
vigil Sospetto ogni sentiero spia,
Letizia balla in mezo della via.

Voluttà, Belleza. Contento, Angoscia. Errore. Furore.
Penitenza.

75

Voluttà con Belleza si gavazza,
va fuggendo il Contento e siede Angoscia,
el ceco Errore or qua or là svolazza,
percuotesi il Furor con man la coscia;
la Penitenzia misera stramazza,
Crudeltà. Desperazione.
che del passato error s'è accorta poscia,
nel sangue Crudeltà lieta si ficca,
e la Desperazion se stessa impicca.

Inganno, Riso. Cenni. Sguardi. Gioventù.

76

Tacito Inganno e simulato Riso
con Cenni astuti messaggier de' cori,
e fissi Sguardi, con pietoso viso,
tendon lacciuoli a Gioventù tra' fiori.
Pianto. Dolori.
Stassi, col volto in sulla palma assiso,
el Pianto in compagnia de' suo' Dolori;
Licenzia.
e quinci e quindi vola sanza modo

Licenzia non ristretta in alcun nodo.

77

Con tal milizia e tuoi figli accompagna
Venere bella, madre delli Amori.
Zefiro.
Zefiro il prato di rugiada bagna,
spargendolo di mille vaghi odori:
ovunque vola, veste la campagna
di rose, gigli, violette e fiori;
l'erba di sue belleze ha maraviglia:
bianca, cilestra, pallida e vermiglia.

Varie guise di fiori. Viola mammola. Rosa.
78

Trema la mammoletta verginella
con occhi bassi, onesta e vergognosa;
ma vie più lieta, più ridente e bella,
ardisce aprire il seno al sol la rosa:
questa di verde gemma s'incappella,
quella si mostra allo sportel vezosa,
l'altra, che 'n dolce foco ardea pur ora,
languida cade e 'l bel pratello infiora.

Viole.
79

L'alba nutrica d'amoroso nembo
Iacinto. Narcisso.
gialle, sanguigne e candide viole;
descritto ha 'l suo dolor Iacinto in grembo,
Narcisso al rio si specchia come suole;
Clizia.
in bianca vesta con purpureo lembo
si gira Clizia palidetta al sole;
Adone. Croco, Acanto.
Adon rinfresca a Venere il suo pianto,
tre lingue mostra Croco, e ride Acanto.

Mai rivestì di tante gemme l'erba
la novella stagion che 'l mondo aviva.
Sovresso il verde colle alza superba
l'ombrosa chioma u' el sol mai non arriva;
e sotto vel di spessi rami serba
Fontana.
fresca e gelata una fontana viva,
con sì pura, tranquilla e chiara vena,
che gli occhi non offesi al fondo mena.

81

L'acqua da viva pomice zampilla,
che con suo arco il bel monte sospende;
e, per fiorito solco indi tranquilla
pingendo ogni sua orma, al fonte scende:
dalle cui labra un grato umor distilla,
che 'l premio di lor ombre alli arbor rende;
ciascun si pasce a mensa non avara,
e par che l'un dell'altro cresca a gara.

Varie guise di piante. Abete. Elce. Lauro. Cipresso. Albero. Platano.

82

Cresce l'abeto schietto e sanza nocchi
da spander l'ale a Borea in mezo l'onde;
l'elce che par di mèl tutta trabocchi,
e 'l laur che tanto fa bramar suo fronde;
bagna Cipresso ancor pel cervio gli occhi
con chiome or aspre, e già distese e bionde;
ma l'alber, che già tanto ad Ercol piacque,
col platan si trastulla intorno all'acque.
Cerro, Faggio. Cornio, Salcio. Ormo, Frassino. Pino. Avorniolo.

Acero. Palma. Ellera.

83

Surge robusto el cerro, et alto el faggio,
nodoso el cornio, e 'l salcio umido e lento;
l'olmo fronzuto, e 'l frassin pur selvaggio;
el pino alletta con suoi fischi il vento.
L'avorniol tesse ghirlandette al maggio,
ma l'acer d'un color non è contento;
la lenta palma serba pregio a' forti,
l'ellera va carpon co' piè distorti.

Vite.
84

Mostronsi adorne le vite novelle
d'abiti varie e con diversa faccia:
questa gonfiando fa crepar la pelle,
questa racquista le già perse braccia;
quella tessendo vaghe e liete ombrelle,
pur con pampinee fronde Apollo scaccia;
quella ancor monca piange a capo chino,
spargendo or acqua per versar poi vino.

Bosso.
85

El chiuso e crespo bosso al vento ondeggia,
Mirto.
e fa la piaggia di verdura adorna;
el mirto, che sua dea sempre vagheggia,
Varii atti di fere. Montoni.
di bianchi fiori e verdi capelli orna.
Ivi ogni fera per amor vaneggia,
l'un ver l'altro i montoni armon le corna,
l'un l'altro cozza, l'un l'altro martella,
davanti all'amorosa pecorella.

Giovenchi.
86

E mughianti giovenchi a piè del colle

28

fan vie più cruda e dispietata guerra,
col collo e il petto insanguinato e molle,
Cinghiale.
spargendo al ciel co' piè l'erbosa terra.
Pien di sanguigna schiuma el cinghial bolle,
le larghe zanne arruota e il grifo serra,
e rugghia e raspa e, per più armar sue forze,
frega il calloso cuoio a dure scorze.

Daini.
87

Pruovon lor punga e daini paurosi,
e per l'amata druda arditi fansi;
Tigri.
ma con pelle vergata, aspri e rabbiosi,
e tigri infuriati a ferir vansi;
sbatton le code e con occhi focosi

Leoni. Serpe. Biscia.
ruggendo i fier leon di petto dansi;
zufola e soffia il serpe per la biscia,
mentre ella con tre lingue al sol si liscia.

Cervio.
88

El cervio appresso alla Massilia fera
co' piè levati la sua sposa abbraccia;
Conigli. Lepri.
fra l'erbe ove più ride primavera,
l'un coniglio coll'altro s'accovaccia;
le semplicette lepri vanno a schiera,
de' can secure, ad amorosa traccia:
sì l'odio antico e 'l natural timore
ne' petti ammorza, quando vuole, Amore.

Varii atti di pesci.
89

29

E muti pesci in frotta van notando
dentro al vivente e tenero cristallo,
e spesso intorno al fonte roteando
guidon felice e dilettoso ballo;
tal volta sovra l'acqua, un po' guizzando,
mentre l'un l'altro segue, escono a gallo:
ogni loro atto sembra festa e gioco,
né spengon le fredde acque il dolce foco.

Augelli.
90

Li augelletti dipinti intra le foglie
fanno l'aere addolcir con nuove rime,
e fra più voci un'armonia s'accoglie
di sì beate note e sì sublime,
che mente involta in queste umane spoglie
non potria sormontare alle sue cime;
e dove Amor gli scorge pel boschetto,
salton di ramo in ramo a lor diletto.

91

Al canto della selva Ecco rimbomba,
Passera. Pavone.
ma sotto l'ombra che ogni ramo annoda,
la passeretta gracchia e a torno romba;
Colombi. Cigni. Tortora. Pappagallo.
spiega il pavon la sua gemmata coda,
bacia el suo dolce sposo la colomba,
e bianchi cigni fan sonar la proda;
e presso alla sua vaga tortorella
il pappagallo squittisce e favella.

Cupido. Amori.
92

Quivi Cupido e' suoi pennuti frati,

30

lassi già di ferir uomini e dei,
prendon diporto, e colli strali aurati
fan sentire alle fere i crudi omei;
Venere. Pasitea, una delle tre Grazie, moglie del Sonno.
la dea Ciprigna fra' suoi dolci nati
spesso sen viene, e Pasitea con lei,
quetando in lieve sonno gli occhi belli
fra l'erbe e' fiori e' gioveni arbuscelli.

93

Muove dal colle, mansueta e dolce,
Palazzo di Venere.
la schiena del bel monte, e sovra i crini
d'oro e di gemme un gran palazo folce,
Le tre Ore.
sudato già nei cicilian camini.
Le tre Ore, che 'n cima son bobolce,
pascon d'ambrosia i fior sacri e divini:
né prima dal suo gambo un se ne coglie,
ch'un altro al ciel più lieto apre le foglie.

94

Raggia davanti all'uscio una gran pianta,
che fronde ha di smeraldo e pomi d'oro:
e pomi ch'arrestar fenno Atalanta,
ch'ad Ippomene dienno il verde alloro.
Sempre sovresso Filomela canta,
sempre sottesso è delle Ninfe un coro;
spesso Imeneo col suon di sua zampogna
tempra lor danze, e pur le noze agogna.

95

La regia casa il sereno aier fende,
fiammeggiante di gemme e di fino oro,
che chiaro giorno a meza notte accende;

ma vinta è la materia dal lavoro.
Sovra a colonne adamantine pende
un palco di smeraldo, in cui già fuoro
Sterope, Bronte.
aneli e stanchi, drento a Mongibello,
Sterope e Bronte et ogni lor martello.

96

Le mura a torno d'artificio miro
forma un soave e lucido berillo;
passa pel dolce oriental zaffiro
nell'ampio albergo el dì puro e tranquillo;
ma il tetto d'oro, in cui l'estremo giro
si chiude, contro a Febo apre il vessillo;
per varie pietre il pavimento ameno
di mirabil pittura adorna il seno.

Che sculture fussi nelle porte.
97

Mille e mille color formon le porte,
di gemme e di sì vivi intagli chiare,
che tutte altre opre sarian roze e morte
da far di sé natura vergognare:
Natività di Venere. Celio. Saturno.
nell'una è insculta la 'nfelice sorte
del vecchio Celio, e in vista irato pare
suo figlio, e colla falce adunca sembra
tagliar del padre le feconde membra.

Terra.
98

Ivi la Terra con distesi ammanti
Furie. Giganti.
par ch'ogni goccia di quel sangue accoglia,
onde nate le Furie e' fier Giganti
di sparger sangue in vista mostron voglia;

d'un seme stesso in diversi sembianti
Ninfe.
paion le Ninfe uscite sanza spoglia,
pur come snelle cacciatrice in selva,
gir saettando or una or altra belva.

Mare Egeo.
99

Nel tempestoso Egeo in grembo a Teti
si vede il frusto genitale accolto,
sotto diverso volger di pianeti
errar per l'onde in bianca schiuma avolto;
e drento nata in atti vaghi e lieti
una donzella non con uman volto,
Venere sovra un nicchio.
da zefiri lascivi spinta a proda,
gir sovra un nicchio, e par che 'l cel ne goda.

100

Vera la schiuma e vero il mar diresti,
e vero il nicchio e ver soffiar di venti;
la dea negli occhi folgorar vedresti,
e 'l cel riderli a torno e gli elementi;
l'Ore premer l'arena in bianche vesti,
l'aura incresparle e crin distesi e lenti;
non una, non diversa esser lor faccia,
come par ch'a sorelle ben confaccia.

101

Giurar potresti che dell'onde uscissi
la dea premendo colla destra il crino,
coll'altra il dolce pome ricoprissi;
e, stampata dal piè sacro e divino,
d'erbe e di fior l'arena si vestissi;
poi, con sembiante lieto e peregrino,
dalle tre ninfe in grembo fussi accolta,

e di stellato vestimento involta.

102

Questa con ambe man le tien sospesa
sopra l'umide trezze una ghirlanda
d'oro e di gemme orientali accesa,
questa una perla alli orecchi accomanda;
l'altra al bel petto e' bianchi omeri intesa,
par che ricchi monili intorno spanda,
de' quai solien cerchiar lor proprie gole,
quando nel ciel guidavon le carole.

103

Indi paion levate inver le spere
seder sovra una nuvola d'argento:
l'aier tremante ti parria vedere
nel duro sasso, e tutto il cel contento;
tutti li dei di sua biltà godere,
e del felice letto aver talento:
ciascun sembrar nel volto meraviglia,
con fronte crespa e rilevate ciglia.

Vulcano marito di Venere.

104

Nello estremo, se stesso el divin fabro
formò felice di sì dolce palma,
ancor dalla fucina irsuto e scabro,
quasi obliando per lei ogni salma,
con desire aggiugnendo labro a labro
come tutta d'amor gli ardessi l'alma:
e par vie maggior fuoco acceso in ello,
che quel ch'avea lasciato in Mongibello.

Intagli nella porta. Europa.

105

34

Nell'altra in un formoso e bianco tauro
si vede Giove per amor converso
portarne il dolce suo ricco tesauro,
e lei volgere il viso al lito perso
in atto paventosa; e i bei crin d'auro
scherzon nel petto per lo vento avverso;
la vesta ondeggia, e indrieto fa ritorno,
l'una man tiene al dorso, e l'altra al corno.

106

Le 'gnude piante a sé ristrette accoglie
quasi temendo il mar che lei non bagne:
tale atteggiata di paura e doglie
par chiami invan le dolci sue compagne;
le qual rimase tra fioretti e foglie
dolenti Europa ciascheduna piagne.
"Europa", suona il lito, "Europa, riedi",
e 'l tor nuota e talor li bacia e piedi.

Giove in cigno, oro, serpente, pastore, aquila. Ganimede.
107

Or si fa Giove un cigno or pioggia d'oro,
or di serpente or d'un pastor fa fede,
per fornir l'amoroso suo lavoro;
or transformarsi in aquila si vede,
come Amor vuole, e nel celeste coro
portar sospeso il suo bel Ganimede,
qual di cipresso ha il biondo capo avinto,
ignudo tutto e sol d'ellera cinto.

Nettunno in montone, Giovenco. Saturno in cavallo. Febo pastore.
108

Fassi Nettunno un lanoso montone,
fassi un torvo giovenco per amore;
fassi un cavallo il padre di Chirone,

35

diventa Febo in Tessaglia un pastore:
e 'n picciola capanna si ripone
colui ch'a tutto il mondo dà splendore,
né li giova a sanar sue piaghe acerbe
perch'e' conosca la virtù dell'erbe.

Dafne.
109

Poi segue Dafne, e 'n sembianza si lagna
come dicessi: "O ninfa, non ten gire,
ferma il piè, ninfa, sovra la campagna,
ch'io non ti seguo per farti morire;
così cerva lion, così lupo agna,
ciascuna il suo nemico suol fuggire:
me perché fuggi, o donna del mio core,
cui di seguirti è sol cagione amore?"

Arianna. Teseo.
110

Dall'altra parte la bella Arianna
colle sorde acque di Teseo si duole,
e dell'aura e del sonno che la 'nganna;
di paura tremando, come suole
per picciol ventolin palustre canna,
pare in atto aver prese tai parole:
"Ogni fera di te meno è crudele,
ognun di te più mi saria fedele".

Bacco.
111

Vien sovra un carro, d'ellera e di pampino
coverto Bacco, il qual duo tigri guidono,
Satiri. Bacche.
e con lui par che l'alta arena stampino
Satiri e Bacche, e con voci alte gridono:

36

quel si vede ondeggiar, quei par che 'nciampino,
quel con un cembol bee, quelli altri ridono;
qual fa d'un corno e qual delle man ciotola,
quale ha preso una ninfa e qual si ruotola.

Sileno.
112

Sovra l'asin Silen, di ber sempre avido,
con vene grosse nere e di mosto umide,
marcido sembra sonnacchioso e gravido,
le luci ha di vin rosse infiate e fumide;
l'ardite ninfe l'asinel suo pavido
pungon col tirso, e lui con le man tumide
a' crin s'appiglia; e mentre sì l'aizono,
casca nel collo, e' satiri lo rizono.

Proserpina. Pluto.
113

Quasi in un tratto vista amata e tolta
dal fero Pluto, Proserpina pare
sovra un gran carro, e la sua chioma sciolta
a' zefiri amorosi ventilare;
la bianca vesta in un bel grembo accolta
sembra i colti fioretti giù versare:
lei si percuote il petto, e 'n vista piagne,
or la madre chiamando or le compagne.

Ercole.
114

Posa giù del leone il fero spoglio
Ercole, e veste di femminea gonna
colui che 'l mondo da greve cordoglio
avea scampato, et or serve una donna;
e può soffrir d'Amor l'indegno orgoglio
chi colli omer già fece al ciel colonna;
e quella man con che era a tenere uso

37

la clava ponderosa, or torce un fuso.

Polifemo.
115

Gli omer setosi a Polifemo ingombrano
l'orribil chiome e nel gran petto cascono,
e fresche ghiande l'aspre tempie adombrano:
d'intorno a lui le sue pecore pascono,
né a costui dal cor già mai disgombrano
le dolce acerbe cur che d'amor nascono,
anzi, tutto di pianto e dolor macero,
siede in un freddo sasso a piè d'un acero.

116

Dall'uno all'altro orecchio un arco face
il ciglio irsuto lungo ben sei spanne;
largo sotto la fronte il naso giace,
paion di schiuma biancheggiar le zanne;
tra' piedi ha 'l cane, e sotto il braccio tace
una zampogna ben di cento canne:
lui guata il mar che ondeggia, e alpestre note
par canti, e muova le lanose gote,

117

e dica ch'ella è bianca più che il latte,
ma più superba assai ch'una vitella,
e che molte ghirlande gli ha già fatte,
e serbali una cervia molto bella,
un orsacchin che già col can combatte;
e che per lei si macera e sfragella,
e che ha gran voglia di saper notare
per andare a trovarla insin nel mare.

Galatea.

118

Duo formosi delfini un carro tirono:
sovresso è Galatea che 'l fren corregge,
e quei notando parimente spirono;
ruotasi attorno più lasciva gregge:
qual le salse onde sputa, e quai s'aggirono,
qual par che per amor giuochi e vanegge;
la bella ninfa colle suore fide
di sì rozo cantor vezzosa ride.

119

Intorno al bel lavor serpeggia acanto,
di rose e mirti e lieti fior contesto;
con varii augei sì fatti, che il lor canto
pare udir nelli orecchi manifesto:
né d'altro si pregiò Vulcan mai tanto,
né 'l vero stesso ha più del ver che questo;
e quanto l'arte intra sé non comprende,
la mente imaginando chiaro intende.

Epilogo.

120

Questo è 'l loco che tanto a Vener piacque,
a Vener bella, alla madre d'Amore;
qui l'arcier frodolente prima nacque,
che spesso fa cangiar voglia e colore,
quel che soggioga il cel, la terra e l'acque,
che tende alli occhi reti, e prende il core,
dolce in sembianti, in atti acerbo e fello,
giovene nudo, faretrato augello.

121

Or poi che ad ale tese ivi pervenne,

39

forte le scosse, e giù calassi a piombo,
tutto serrato nelle sacre penne,
come a suo nido fa lieto colombo:
l'aier ferzato assai stagion ritenne
della pennuta striscia il forte rombo:
ivi racquete le triunfante ale,
superbamente inver la madre sale.

122

Trovolla assisa in letto fuor del lembo,
pur mo' di Marte sciolta dalle braccia,
il qual roverso li giacea nel grembo,
pascendo gli occhi pur della sua faccia:
di rose sovra a lor pioveva un nembo
per rinnovarli all'amorosa traccia;
ma Vener dava a lui con voglie pronte
mille baci negli occhi e nella fronte.

123

Sovra e d'intorno i piccioletti Amori
scherzavon nudi or qua or là volando:
e qual con ali di mille colori
giva le sparte rose ventilando,
qual la faretra empiea de' freschi fiori,
poi sovra il letto la venia versando,
qual la cadente nuvola rompea
fermo in su l'ale, e poi giù la scotea.

124

Come avea delle penne dato un crollo,
così l'erranti rose eron riprese:
nessun del vaneggiar era satollo;
quando apparve Cupido ad ale tese,
ansando tutto, e di sua madre al collo

gittossi, e pur co' vanni el cor li accese,
allegro in vista, e sì lasso ch'a pena
potea ben, per parlar, riprender lena.

125

“Onde vien, figlio, o qual n'apporti nuove?”,
Vener li disse, e lo baciò nel volto:
“Onde esto tuo sudor? qual fatte hai pruove?
qual dio, qual uomo hai ne' tuo' lacci involto?
Fai tu di nuovo in Tiro mughiar Giove?
o Saturno ringhiar per Pelio folto?
Che che ciò sia, non umil cosa parmi,
o figlio, o sola mia potenzia et armi”.

LIBRO SECONDO

1

Eron già tutti alla risposta intenti
e pargoletti intorno all'aureo letto,
quando Cupido con occhi ridenti,
tutto protervo nel lascivo aspetto,
si strinse a Marte, e colli strali ardenti
della faretra gli ripunse il petto,
e colle labra tinte di veleno
baciollo, e 'l fuoco suo gli misse in seno.

2

Poi rispose alla madre: “E' non è vana
la cagion che sì lieto a te mi guida:
ch'i' ho tolto dal coro di Diana
el primo conduttor, la prima guida,
colui di cui gioir vedi Toscana,
di cui già insino al ciel la fama grida,
insino agl'Indi, insino al vecchio Mauro:

41

Iulio, minor fratel del nostro Lauro.

3

L'antica gloria e 'l celebrato onore
chi non sa della Medica famiglia,
e del gran Cosmo, italico splendore,
di cui la patria sua si chiamò figlia?
E quanto Petro al paterno valore
n'aggiunse pregio, e con qual maraviglia
dal corpo di sua patria rimosse abbia
le scelerate man, la crudel rabbia?

4

Di questo e della nobile Lucrezia
nacquene Iulio, e pria ne nacque Lauro:
Lauro che ancor della bella Lucrezia
arde, e lei dura ancor si mostra a Lauro,
rigida più che a Roma già Lucrezia,
o in Tessaglia colei che è fatta un lauro;
né mai degnò mostrar di Lauro agli occhi
se non tutta superba e suo' begli occhi.

5

Non priego non lamento al meschin vale,
ch'ella sta fissa come torre al vento,
perch'io lei punsi col piombato strale,
e col dorato lui, di che or mi pento;
ma tanto scoterò, madre, queste ale,
che 'l foco accenderolli al petto drento:
richiede ormai da noi qualche restauro,
la lunga fedeltà del franco Lauro,

6

che tutt'or parmi pur veder pel campo,

armato lui, armato el corridore,
come un fer drago gir menando vampo,
abatter questo e quello a gran furore,
l'armi lucenti sue sparger un lampo
che tremar faccin l'aier di splendore;
poi, fatto di virtute a tutti essemplo,
riportarne il trionfo al nostro templo.

7

E che lamenti già le Muse ferno,
e quanto Apollo s'è già meco dolto
ch'i' tenga il lor poeta in tanto scherno!
et io con che pietà suo' versi ascolto!
ch'i' l'ho già visto al più rigido verno,
pien di pruina e crin, le spalle e 'l volto,
dolersi colle stelle e colla luna,
di lei, di noi, di suo crudel fortuna.

8

Per tutto el mondo ha nostre laude sparte,
mai d'altro mai se non d'amor ragiona;
e potea dir le tue fatiche, o Marte,
le trombe e l'arme, e 'l furor di Bellona;
ma volle sol di noi vergar le carte,
e di quella gentil ch'a dir lo sprona:
ond'io lei farò pia, madre, al suo amante
ch'i' pur son tuo, non nato d'adamante.

9

I' non son nato di ruvida scorza,
ma di te, madre bella, e son tuo figlio;
né crudele esser deggio, e lui mi sforza
a riguardarlo con pietoso ciglio.
Assai provato ha l'amorosa forza,
assai giaciuto è sotto 'l nostro artiglio;

giust'è ch'e' faccia ormai co' sospir triegua,
e del suo buon servir premio consegua.

10

Ma 'l bel Iulio ch'a noi stato è ribello,
e sol di Delia ha seguito el trionfo,
or drieto all'orme del suo buon fratello
vien catenato innanzi al mio trionfo;
né mosterrò già mai pietate ad ello
finché ne porterà nuovo trionfo:
ch'i' gli ho nel cor diritta una saetta
dagli occhi della bella Simonetta.

11

E sai quant'è nel petto e nelle braccia,
quanto sopra 'l destriero è poderoso:
pur mo' lo vidi sì feroce in caccia,
che parea il bosco di lui paventoso;
tutta aspreggiata avea la bella faccia,
tutto adirato, tutto era focoso.
Tal vid'io te là sovra el Termodonte
cavalcar, Marte, e non con esta fronte.

12

Questa è, madre gentil, la mia vittoria;
quinci è 'l mio travagliar, quinci è 'l sudore;
così va sovra al cel la nostra gloria,
el nostro pregio, el nostro antico onore;
così mai scancellata la memoria
fia di te, madre, e del tuo figlio Amore;
così canteran sempre e versi e cetre
li stral, le fiamme, gli archi e le faretre".

13

Fatta ella allor più gaia nel sembiante,
balenò intorno uno splendor vermiglio,
da fare un sasso divenire amante,
non pur te, Marte; e tale ardea nel ciglio,
qual suol la bella Aurora fiammeggiante;
poi tutto al petto si ristringe el figlio,
e trattando con man suo chiome bionde,
tutto el vagheggia e lieta li risponde:

14

"Assai, bel figlio, el tuo desir m'agrada,
che nostra gloria ognor più l'ale spanda;
chi erra torni alla verace strada,
obligo è di servir chi ben comanda.
Pur convien che di nuovo in campo vada
Lauro, e si cinga di nuova ghirlanda:
ché virtù nelli affanni più s'accende,
come l'oro nel fuoco più risplende.

15

Ma prima fa mestier che Iulio s'armi
sì che di nostra fama el mondo adempi;
e tal del forte Achille or canta l'armi
e rinnuova in suo stil gli antichi tempi,
che diverrà testor de' nostri carmi,
cantando pur degli amorosi essempi:
onde la gloria nostra, o bel figliuolo,
vedrèn sopra le stelle alzarsi a volo.

16

E voi altri, mie' figli, al popol tosco
lieti volgete le trionfante ale,
giten tutti fendendo l'aer fosco;
tosto prendete ognun l'arco e lo strale,
di Marte el dolce ardor sen venga vosco.
Or vedrò, figli, qual di voi più vale:

gite tutti a ferir nel toscan coro
ch'i' serbo a qual fie 'l primo un arco d'oro".

17

Tosto al suo dire ognuno arco e quadrella
riprende, e la faretra al fianco alluoga,
come, al fischiar del comito, sfrenella
la 'gnuda ciurma e remi, e mette in voga.
Già per l'aier ne va la schiera snella,
già sopra la città calon con foga:
così e vapor pel bel seren giù scendono,
che paion stelle mentre l'aier fendono.

18

Vanno spiando gli animi gentili
che son dolce esca all'amoroso foco;
sovress'e' batton forte i lor fucili,
e fanli apprender tutti a poco a poco.
L'ardor di Marte, ine' cor giovenili
s'affige, e quelli infiamma del suo gioco;
e mentre stanno involti nel sopore,
pare a' gioven far guerra per Amore.

19

E come quando il sol li Pesci accende,
tutta la terra è di suo virtù pregna,
che poscia a primavera fuor si estende,
mostrando al cel verde e fiorita insegna;
così ne' petti ove lor foco scende
s'abbarbica un disio che drento regna,
un disio sol d'eterna gloria e fama,
che le 'nfiammate menti a virtù chiama.

20

Esce sbandita la viltà d'ogni alma,
e, benché tarda sia, Pigrizia fugge;
a libertate l'una e l'altra palma
legon gli Amori, e quella irata rugge.
Solo in disio di gloriosa palma
ogni cor giovenil s'accende e strugge;
e dentro al petto sorpriso dal sonno
li spirite' d'amor posar non ponno.

21

E così mentre ognun dormendo langue,
ne' lacci è 'nvolto onde già mai non esce;
ma come suol fra l'erba el picciol angue
tacito errare, o sotto l'onde el pesce,
sì van correndo per l'ossa e pel sangue
gli ardenti spiritelli, e 'l foco cresce.
Ma Vener, com'e suo' alati corrieri
vide partiti, mosse altri pensieri.

22

Pasitea fe' chiamar, del Sonno sposa,
Pasitea, delle Grazie una sorella,
Pasitea che dell'altre è più amorosa,
quella che sovra a tutte è la più bella;
e disse: "Muovi, o ninfa graziosa,
truova el consorte tuo, veloce e snella:
fa che e' mostri al bel Iulio tale imago,
che 'l facci di mostrarsi al campo vago".

23

Così le disse; e già la ninfa accorta
correa sospesa per l'aier serena;
quete sanza alcun rombo l'ale porta,
e lo ritruova in men che non balena.
Al carro della Notte el facea scorta,
e l'aria intorno avea di Sogni piena,

47

di varie forme e stranier portamenti,
e facea racquetar li fiumi e i venti.

24

Come la ninfa a' suoi gravi occhi apparve,
col folgorar d'un riso gliele aperse:
ogni nube dal ciglio via disparve,
che la forza del raggio non sofferse.
Ciascun de' Sogni drento alle lor larve
gli si fe' incontro, e 'l viso discoverse;
ma lei, poi che Morfeo con gli altri scelse,
gli chiese al Sonno, e tosto indi si svelse.

25

Indi si svelse, e di quanto convenne
tosto ammonilli, e partì sanza posa;
a pena tanto el ciglio alto sostenne,
che fatta era già tutta sonnacchiosa;
vassen volando sanza muover penne,
e ritorna a sua dea, lieta e gioiosa.
Gli scelti Sogni ad ubidir s'affrettono
e sotto nuove fogge si rassettono:

26

quali i soldati che di fuor s'attendono,
quando sanza sospetto et arme giacciono,
per suon di tromba al guerreggiar s'accendono,
vestonsi le corazze e gli elmi allacciono,
e giù dal fianco le spade sospendono,
grappon le lance e' forti scudi imbracciono;
e così divisati i destrier pungono
tanto ch'alla nimica schiera giungono.

27

Tempo era quando l'alba s'avicina,
e divien fosca l'aria ove era bruna;
e già 'l carro stellato Icaro inchina,
e par nel volto scolorir la luna:
quando ciò ch'al bel Iulio el cel destina
mostrono i Sogni, e sua dolce fortuna;
dolce all'entrar, all'uscir troppo amara,
però che sempre dolce al mondo è rara.

28

Pargli veder feroce la sua donna,
tutta nel volto rigida e proterva,
legar Cupido alla verde colonna
della felice pianta di Minerva,
armata sopra alla candida gonna,
che 'l casto petto col Gorgon conserva;
e par che tutte gli spennecchi l'ali,
e che rompa al meschin l'arco e li strali.

29

Ahimè, quanto era mutato da quello
Amor che mo' tornò tutto gioioso!
Non era sovra l'ale altero e snello,
non del trionfo suo punto orgoglioso:
anzi merzé chiamava el meschinello
miseramente, e con volto pietoso
gridando a Iulio: "Miserere mei,
difendimi, o bel Iulio, da costei".

30

E Iulio a lui dentro al fallace sonno
parea risponder con mente confusa:
"Come poss'io ciò far dolce mio donno,
ché nell'armi di Palla è tutta chiusa?
Vedi i mie' spirti che soffrir non ponno

la terribil sembianza di Medusa,
e 'l rabbioso fischiar delle ceraste
e 'l volto e l'elmo e 'l folgorar dell'aste".

31

"Alza gli occhi, alza, Iulio, a quella fiamma
che come un sol col suo splendor t'adombra:
quivi è colei che l'alte mente infiamma,
e che de' petti ogni viltà disgombra.
Con essa, a guisa di semplice damma,
prenderai questa ch'or nel cor t'ingombra
tanta paura, e t'invilisce l'alma;
ché sol ti serba lei trionfal palma".

32

Così dicea Cupido, e già la Gloria
scendea giù folgorando ardente vampo:
con essa Poesia, con essa Istoria
volavon tutte accese del suo lampo.
Costei parea ch'ad acquistar vittoria
rapissi Iulio orribilmente in campo,
e che l'arme di Palla alla sua donna
spogliassi, e lei lasciassi in bianca gonna.

33

Poi Iulio di suo spoglie armava tutto,
e tutto fiammeggiar lo facea d'auro;
quando era al fin del guerreggiar condutto,
al capo gl'intrecciava oliva e lauro.
Ivi tornar parea suo gioia in lutto:
vedeasi tolto il suo dolce tesauro,
vedea suo ninfa in trista nube avolta,
dagli occhi crudelmente esserli tolta.

34

L'aier tutta parea divenir bruna,
e tremar tutto dello abisso il fondo;
parea sanguigno el cel farsi e la luna,
e cader giù le stelle nel profondo.
Poi vede lieta in forma di Fortuna
surger suo ninfa e rabbellirsi il mondo,
e prender lei di sua vita governo,
e lui con seco far per fama eterno.

35

Sotto cotali ambagi al giovinetto
fu mostro de' suo' fati il leggier corso:
troppo felice, se nel suo diletto
non mettea morte acerba il crudel morso.
Ma che puote a Fortuna esser disdetto,
ch'a nostre cose allenta e stringe il morso?
Né val perch'altri la lusinghi o morda,
ch'a suo modo ne guida e sta pur sorda.

36

Adunque il tanto lamentar che giova?
A che di pianto pur bagnar le gote,
se pur convien che lei ne guidi e muova?
Se mortal forza contro a lei non puote?
Se con sue penne il nostro mondo cova,
e tempra e volge, come vuol, le rote?
Beato qual da lei suo' pensier solve,
e tutto drento alla virtù s'involve!

37

O felice colui che lei non cura
e che a' suoi gravi assalti non si arrende,
ma come scoglio che incontro al mar dura,
o torre che da Borea si difende,

51

suo' colpi aspetta con fronte sicura,
e sta sempre provisto a sua vicende!
Da sé sol pende, e 'n se stesso si fida,
né guidato è dal caso, anzi lui guida.

38

Già carreggiando il carro Aurora lieta
di Pegaso stringea l'ardente briglia;
surgea del Gange el bel solar pianeta,
raggiando intorno coll'aurate ciglia;
già tutto parea d'oro il monte Oeta,
fuggita di Latona era la figlia;
surgevon rugiadosi in loro stelo
li fior chinati dal notturno gelo.

39

La rondinella sovra al nido allegra,
cantando salutava il nuovo giorno;
e già de' Sogni la compagnia negra
a sua spilonca avean fatto ritorno;
quando con mente insieme lieta et egra
si destò Giulio e girò gli occhi intorno:
gli occhi intorno girò tutto stupendo,
d'amore e d'un disio di gloria ardendo.

40

Pargli vedersi tuttavia davanti
la Gloria armata in su l'ale veloce
chiamare a giostra e valorosi amanti,
e gridar "Iulio Iulio" ad alta voce.
Già sentir pargli le trombe sonanti,
già divien tutto nell'arme feroce:
così tutto focoso in piè risorge,
e verso il cel cota' parole porge:

"O sacrosanta dea, figlia di Giove,
per cui il tempio di Ian s'apre e riserra,
la cui potente destra serba e muove
intero arbitrio di pace e di guerra;
vergine santa, che mirabil pruove
mostri del tuo gran nume in cielo e 'n terra,
che i valorosi cuori a virtù infiammi,
soccorrimi or, Tritonia, e virtù dammi.

42

S'io vidi drento alle tue armi chiusa
la sembianza di lei che me a me fura;
s'io vidi il volto orribil di Medusa
far lei contro ad Amor troppo esser dura;
se poi mie mente dal tremor confusa
sotto il tuo schermo diventò secura;
s'Amor con teco a grande opra mi chiama,
mostrami il porto, o dea, d'eterna fama.

43

E tu che drento alla 'nfocata nube
degnasti tua sembianza dimostrarmi,
e ch'ogni altro pensier dal cor mi rube,
fuor che d'amor dal qual non posso atarmi;
e m'infiammasti come a suon di tube
animoso caval s'infiamma all'armi,
fammi in tra gli altri, o Gloria, sì solenne,
ch'io batta insino al cel teco le penne.

44

E s'io son, dolce Amor, s'io son pur degno
essere il tuo campion contro a costei,
contro a costei da cui con forza e 'ngegno,

se ver mi dice il sonno, avinto sei,
fa sì del tuo furor mio pensier pregno,
che spirto di pietà nel cor li crei:
mie virtù per se stesse ha l'ale corte,
perché troppo è 'l valor di costei forte.

45

Troppo forte è, signor, il suo valore,
che, come vedi, il tuo poter non cura:
e tu pur suoli al cor gentile, Amore,
riparar come augello alla verdura.
Ma se mi presti il tuo santo furore,
leverai me sopra la tua natura;
e farai, come suol marmorea rota,
che lei non taglia e pure il ferro arrota.

46

Con voi me 'n vengo, Amor, Minerva e Gloria,
ché 'l vostro foco tutto 'l cor m'avvampa:
da voi spero acquistar l'alta vittoria,
ché tutto acceso son di vostra lampa;
datemi aita sì che ogni memoria
segnar si possa di mia eterna stampa,
e facci umil colei ch'or mi disdegna:
ch'io porterò di voi nel campo insegna.